AF346102

Sandrine BELAIR

LE MYSTÈRE DES LUMIÈRES DE NOËL

Chérubins Éditions

PROLOGUE

Dans le silence glacé d'une nuit d'hiver, les rues de Reims étaient illuminées par les décorations de Noël, projetant des lueurs dorées et argentées sur les vieux bâtiments de pierre. La ville semblait paisible, endormie sous son manteau de neige. Cependant, au cœur de ces ruelles étroites et de ces caves anciennes, un mystère bien plus ancien que les fêtes de fin d'année attendait d'être découvert.

Au même moment, dans un quartier calme à l'écart des festivités, une silhouette enveloppée d'un long manteau noir glissa rapidement dans l'ombre d'un porche, scrutant les alentours d'un regard perçant. L'homme portait des gants de cuir sombre, et dans ses mains, un carnet rouge en cuir usé, bordé de pages gondolées par le temps. Sous le faible éclat d'un réverbère, il l'ouvrit et lut une inscription gravée à l'encre noire, presque effacée : *"Lumen perpetuum clamabit, sed tacite."* La lumière éternelle appellera, mais silencieusement.

Un frisson le parcourut. Il scella une lettre avec de la cire rouge, puis la glissa avec le carnet rouge derrière une pierre dissimulée dans le mur à l'intérieur d'une cave d'un bâtiment ancien.

Avant de s'éloigner, il murmura, comme une prière à voix basse :

— Que celui qui cherche la lumière la trouve, mais qu'il soit prêt à affronter les ombres.

Le vent s'éleva doucement, dispersant ses empreintes dans la neige fraîche, tandis que l'homme disparaissait dans la nuit.

Ce carnet rouge, son héritage, renfermait un secret : une invention à la puissance inégalée qui devait rester cachée à tout jamais. On l'appelait l'Inconnu de Champagne, et bien que personne ne connaisse son visage, tout le monde avait entendu parler de la légende qu'il laissait derrière lui.

Certains disaient qu'il avait créé une lumière éternelle, capable de briller pour l'éternité, mais qu'il l'avait dissimulée, loin des regards avides et des esprits dangereux. Seuls les descendants de sa lignée seraient capables de déchiffrer les signes et les langages gravés dans le carnet rouge, leur conférant un lien unique avec ce mystère.

Ce soir-là, alors que les enfants de Reims dormaient, une aventure inoubliable venait de naître, prête à guider vers la lumière ceux qui auraient le courage de percer les mystères de Noël.

Mais l'Inconnu savait aussi que la quête ne serait pas sans danger…

PRÉSENTATION DES
PERSONNAGES PRINCIPAUX

François Leclerc, 45 ans, le détective.

François Leclerc est un homme sage et expérimenté. Bienveillant et protecteur, il prend les enfants sous son aile pour les guider dans cette mission secrète. Il connaît l'histoire de l'Inconnu de Champagne et leur apprend à garder le secret, tout en leur inculquant un sens des responsabilités.

Géna, 14 ans.

Curieuse et courageuse, Géna est fascinée par les mystères. Elle est souvent la première à vouloir explorer de nouveaux endroits et à chercher des indices. Sa détermination la pousse à aller jusqu'au bout de leur aventure, même face au danger.

Curtis, 14 ans.

Curtis, cousin de Géna et de Matthias, est débrouillard et passionné de codes et d'énigmes. C'est un rêveur qui a une imagination fertile, mais il est aussi très loyal envers ses amis. Son intelligence et son sens de l'observation l'aident à résoudre tous les mystères.

Matthias, 14 ans.

Matthias est un adolescent courageux et un peu rebelle. Intrépide, il est toujours prêt pour une aventure et possède une grande capacité à comprendre et décrypter les codes. Son esprit d'analyse et son audace font de lui un allié de choix dans leur quête. Il est dans la même classe que ses cousins Géna et Curtis.

L'Inconnu de Champagne, personnage historique, âge inconnu.

Mystérieux inventeur ayant vécu au XIXe siècle, l'Inconnu de Champagne est le créateur de la lumière éternelle. Il est décrit comme un homme brillant mais prudent, qui cache son invention pour la protéger des mauvaises intentions. Son héritage reste un secret gardé dans les caves de Reims.

M. Durand, 50 ans.

Gardien des caves de Reims, M. Durand est un allié fiable et dévoué. Toujours prêt à aider, il met son expérience et ses connaissances au service du détective Leclerc et des adolescents.

M. Morel, 38 ans.

Habile manipulateur et fin stratège, M. Morel est un antiquaire, il utilise son savoir sur les objets anciens pour décrypter les indices laissés par l'Inconnu de Champagne.

L'homme en noir, âge inconnu.

Antagoniste principal de l'histoire, l'homme en noir est une figure sombre et mystérieuse, toujours à l'affût pour découvrir et exploiter l'invention de l'Inconnu de Champagne. Il n'a pas de scrupules et n'hésite pas à utiliser tous les moyens pour parvenir à ses fins, rendant la mission des enfants encore plus périlleuse.

UNE RENCONTRE MYSTÉRIEUSE

La neige tombait doucement sur les rues de Reims, recouvrant les toits, les pavés, et les guirlandes lumineuses d'un épais manteau blanc. C'était la veille des vacances de Noël, et la ville semblait respirer au rythme des festivités : des vitrines décorées de personnages animés, des marchés où se bousculaient les odeurs de pain d'épices et de chocolat chaud, et des enfants, comme Géna et Curtis, qui parcouraient les ruelles avec des yeux remplis d'étoiles.

Géna pressait le pas ce jour-là. Elle avait promis à sa maman de l'aider avec les courses de Noël, mais elle ne pouvait s'empêcher de s'arrêter à chaque vitrine, captivée par la lumière qui se réfractait sur les flocons en une infinité de couleurs. C'est alors qu'elle sentit un léger frôlement sur sa main, la tirant de ses rêvasseries.

Elle se retourna et aperçut un homme au visage à moitié caché par un chapeau. Il portait un grand manteau noir. Avant qu'elle ne puisse dire quoi que ce soit, l'homme lui glissa dans la main un petit papier plié en quatre et disparut dans la foule sans un mot.

Elle resta figée quelques instants, le cœur battant plus fort, se demandant si elle avait bien vu. Qui était cet homme, et pourquoi lui avait-il remis ce papier ? Ses doigts tremblants déplièrent le billet, et elle lut, inscrites d'une écriture fine et penchée, les quelques mots suivants :

« Si tu veux découvrir la vérité, suis les étoiles. Signé : L'Inconnu de Champagne. »

Géna fronça les sourcils, captivée par ce message. Elle ne comprenait pas ce que cela signifiait, mais une chose était sûre : il y avait un mystère derrière ça. Et qui, dans toute la ville, aimait résoudre les mystères autant qu'elle ? Curtis, bien sûr ! Elle sortit son téléphone pour l'appeler. Celui-ci décrocha rapidement, sa voix pleine d'enthousiasme.

— Curtis, tu ne devineras jamais ce qui vient de m'arriver ! dit-elle d'une voix enjouée.

—Raconte ! répondit-il, toujours prêt pour une nouvelle aventure.

— Un homme très étrange m'a donné un message. Il disait de « suivre les étoiles » pour découvrir la vérité. Et il a signé « L'Inconnu de Champagne » !

Il y eut un silence à l'autre bout de la ligne, puis Curtis lâcha un petit rire nerveux.

— Tu plaisantes ? Ça ressemble trop à un début de chasse au trésor pour être vrai ! déclara-t-il, soudain sérieux. On doit absolument enquêter là-dessus !

Les deux cousins décidèrent de se retrouver au pied de la grande fontaine du marché, un peu plus tard dans la soirée, après avoir terminé leurs devoirs respectifs.

Quand ils se retrouvèrent, la ville de Reims s'était déjà parée de ses plus belles lumières, et la neige scintillait sous les réverbères. Curtis, fidèle à lui-même, portait une vieille casquette de détective qu'il avait trouvée dans la malle de son grand-père.

— Alors, montre-moi ce fameux billet, dit-il, les yeux brillants d'excitation.

Curtis lut le message attentivement, puis leva les yeux vers Géna.

— Suivre les étoiles… Ça ressemble à un casse-tête, murmura-t-il. Et si c'était un code ?

— Un code ? Tu veux dire que ce carnet pourrait contenir quelque chose de plus complexe que des simples instructions ?

Curtis hocha la tête, montrant une note griffonnée au bas d'une page.

— Regarde ici. Ces lettres semblent former un mot, peut-être un indice.

Il traça du doigt une série de lettres disposées en zigzag. Géna fronça les sourcils.

— L-U-M-E-N… Lumen, dit-elle doucement.

Géna hocha la tête, déjà en train de réfléchir aux différents lieux de la ville qui pourraient correspondre.

— Oui ! La cathédrale Notre Dame, près du parc. Les étoiles sont souvent bien visibles là-bas, dit-elle.

Les cousins se mirent en route vers l'édifice. Le parc autour de la cathédrale était désert à cette heure de la soirée, et la neige étouffait le bruit de leurs pas. Ils se dirigèrent vers les grandes portes en bois de la cathédrale, qui étaient entrouvertes. À l'intérieur, une lueur vacillante éclairait les murs de pierre.

— C'est bizarre, dit Curtis en chuchotant, il n'y a jamais personne à cette heure.

Ils entrèrent prudemment et s'approchèrent de l'autel où brûlait une chandelle solitaire.

Soudain, Géna remarqua quelque chose posé sur les marches de l'autel : un carnet vert avec une dorure très ancienne sur la couverture et des pages écornées.

Elle tendit la main pour le ramasser, mais Curtis l'attrapa doucement par le bras.

— Attends ! Peut-être que quelqu'un nous observe, murmura-t-il.

Géna hésita, regardant autour d'elle. La pénombre de la cathédrale semblait soudain plus menaçante, et elle crut apercevoir des ombres bouger dans les coins. Mais sa curiosité était plus forte que sa peur. Elle s'avança et ramassa le carnet vert, ses doigts glissant sur les motifs en relief de la dorure. En ouvrant la première page, elle lut une inscription qui semblait avoir été ajoutée récemment :

« Ne regarde pas en arrière, sauf si tu as le courage de percer les mystères de Noël. »

Curtis se pencha par-dessus son épaule pour lire, les sourcils froncés.

— C'est quoi, ce carnet vert ? Tu crois que ça appartient à l'Inconnu de Champagne ?

Avant que sa cousine ait pu répondre, un bruit de pas résonna dans l'édifice, faisant écho contre les murs de pierre. Les deux adolescents échangèrent un regard effrayé, puis, sans un mot, ils se cachèrent derrière un banc.

La silhouette d'un homme apparut dans la lueur de la chandelle, marchant lentement vers l'autel. Il portait un manteau sombre et un chapeau lui cachait le visage. Son regard scrutait chaque recoin de la cathédrale, et les deux enfants retinrent leur souffle.

— Où est ce carnet ? murmura-t-il, visiblement contrarié. Je sais qu'il est ici quelque part…

Géna serra instinctivement le carnet contre elle, tentant de calmer les battements de son cœur. Curtis lui fit signe de ne pas bouger.

L'homme chercha encore quelques instants, puis, avec un soupir de frustration, se tourna et quitta la cathédrale en laissant la porte ouverte derrière lui. Les enfants restèrent immobiles, attendant que les bruits de pas disparaissent dans la nuit avant de sortir de leur cachette.

— Tu penses que c'était lui, l'Inconnu de Champagne ? demanda Curtis à voix basse.

— Je ne sais pas, mais il cherchait ce carnet, c'est sûr, répondit Géna en le serrant contre elle. Ce carnet doit être important. Peut-être qu'il contient des indices pour résoudre le mystère !

Tous les deux se regardèrent avec détermination. Ils avaient maintenant un nouvel objectif : découvrir le contenu du carnet et comprendre le mystère de l'Inconnu de Champagne. Mais ils savaient qu'ils allaient

devoir faire preuve de prudence, car ils n'étaient
pas les seuls sur cette piste…

L'ALLIANCE AVEC LE DÉTECTIVE LECLERC

De retour chez elle, Géna se coucha avec le carnet vert posé sur sa table de chevet. Elle avait hâte découvrir ce qu'il contenait et de le partager avec son cousin Curtis. Mais le lendemain matin, une surprise l'attendait.

En descendant les escaliers, elle aperçut un homme assis dans le salon en compagnie de sa mère. Il portait un manteau gris foncé, une écharpe en laine grise, et tenait dans ses mains une tasse de café fumant. En la voyant entrer, il se leva et lui tendit la main.

— Bonjour Géna, je m'appelle François Leclerc. Je suis détective, expliqua-t-il avec un sourire bienveillant.

L'adolescente le regarda, surprise. Que faisait un détective chez elle ? Sa mère, semblant lire dans ses pensées, lui fit un clin d'œil.

Géna, toujours fascinée par le mystère, se sentit envahie par une nouvelle vague de curiosité. Elle s'assit en face de François Leclerc, les yeux brillants d'excitation.

— Qu'est-ce qui vous amène à Reims, monsieur Leclerc ? demanda-t-elle, espérant en savoir plus.

Le détective lui sourit, visiblement amusé par sa question.

— Eh bien, j'ai entendu parler de certains événements inhabituels en ville. Il semble que quelqu'un se promène en distribuant des messages… tout comme celui que tu as reçu hier, répondit-il en la fixant avec bienveillance.

Géna resta bouche bée. Comment le détective pouvait-il être au courant de ce message mystérieux ? Elle échangea un regard rapide avec sa mère, mais celle-ci paraissait aussi surprise qu'elle.

— Tu vois, Géna, hier soir, après plusieurs semaines de surveillance, je t'ai vue dans la cathédrale avec ton cousin, reprit Leclerc. Vous avez trouvé un carnet vert, n'est-ce pas ? J'aimerais bien le voir.

Géna hésita. Elle pensait garder cette découverte secrète, mais Leclerc, avec son air de détective sage et bienveillant, semblait avoir de bonnes intentions.

— Vous avez trouvé quelque chose de spécial, dit Leclerc en observant l'adolescente. Ce carnet vert pourrait bien renfermer une partie des secrets bien plus anciens qu'il n'y paraît. Mais rappelez-vous : les secrets attirent toujours l'attention, et souvent pas celle que l'on souhaite.

Géna échangea un regard inquiet avec sa mère, mais sa curiosité était plus forte que sa peur. Elle acquiesça lentement, comme pour accepter un poids qu'elle ne comprenait pas encore.

Elle se leva et alla chercher le carnet dans sa chambre, puis le lui tendit.

Il prit le carnet vert, l'ouvrit avec soin et étudia les pages, pendant une bonne heure, en silence, passant ses doigts sur les inscriptions. Enfin, il le referma, releva les yeux vers l'adolescente et le lui rendit.

— Ce carnet n'est pas anodin, dit-il doucement. Il appartenait probablement à quelqu'un qui a vécu il y a bien longtemps. Peut-être à l'époque où l'Inconnu de Champagne a disparu mystérieusement. As-tu déjà entendu parler de lui ?

Géna secoua la tête, fascinée.

— L'Inconnu de Champagne est une légende locale, expliqua Leclerc, prenant un ton plus sérieux. C'était un homme mystérieux qui aurait vécu ici il y a plus de cent ans, vers la fin du XIXe siècle. Selon les récits, il connaissait un secret si important qu'il devait le protéger coûte que coûte. Mais un jour, il a disparu sans laisser de trace… sauf pour quelques indices que certains prétendent encore voir apparaître aujourd'hui, surtout pendant la période de Noël.

Un frisson parcourut l'échine de Géna. Ce carnet et le message semblaient encore plus mystérieux maintenant.

— Vous pensez qu'il pourrait y avoir un grand trésor ? demanda-t-elle avec un mélange d'espoir et de fascination.

Leclerc hocha la tête lentement, son regard se faisant pensif.

— C'est ce que certaines personnes croient. Mais attention : chaque fois que quelqu'un a tenté de résoudre ce mystère, des choses étranges sont arrivées. Certains disent même que ceux qui s'approchent trop du secret de l'Inconnu de Champagne disparaissent eux aussi…

Géna resta silencieuse, essayant d'absorber tout ce que Leclerc venait de lui raconter. Elle savait une chose : ce mystère était bien plus grand et dangereux qu'elle ne l'avait imaginé.

— Je veux que vous soyez prudents, toi et Curtis, ajouta Leclerc en la regardant fixement.

Je vais vous aider à résoudre cette énigme, mais vous devez me promettre de suivre mes conseils et de ne pas vous aventurer seuls dans des endroits inconnus.

Géna acquiesça, bien décidée à respecter cette promesse. Elle se sentait rassurée à l'idée d'avoir un allié aussi expérimenté que Leclerc. Elle savait que son cousin partagerait son excitation.

— Alors… quand est-ce qu'on commence ? demanda-t-elle, le sourire aux lèvres.

Le détective leva un sourcil, visiblement amusé par son impatience.

— Demain en début d'après-midi, répondit-il. Rendez-vous près de la fontaine à huit heures. Mais pour l'instant, retourne voir Curtis et raconte-lui ce que je viens de t'expliquer. Nous aurons besoin de vous deux.

Le détective inclina légèrement la tête en guise de salut, prêt à s'éclipser.

— Sur ce, je vous laisse, bonne journée.

Après le départ du détective, Géna, très intriguée, questionna sa maman sur le détective.

— C'est un vieil ami de la famille. Il enquête sur des événements étranges qui se passent en ville ces derniers temps, lui répondit-elle en souriant.

Cette nuit-là, alors qu'elle feuilletait le carnet à la lumière tamisée de sa lampe de chevet, Géna s'arrêta sur un symbole qu'elle n'avait pas remarqué auparavant : une étoile entourée de lignes entrelacées, accompagnée d'un mot griffonné et illisible en bas de page et un étrange mélange d'excitation et de crainte l'envahit, et elle sut qu'elle devait en parler à Curtis dès le lendemain.

LE PREMIER MESSAGE CODÉ

Le lendemain matin, Géna retrouva son cousin à la bibliothèque municipale, un bâtiment ancien dont les hautes fenêtres laissaient passer une lumière douce et dorée. Leurs voix résonnaient entre les rangées de livres, et Curtis écouta attentivement tandis qu'elle lui racontait tout ce que le détective lui avait expliqué.

— Alors, l'Inconnu de Champagne était un genre de gardien de secret ? s'étonna Curtis, l'air impressionné. Ça alors, je pensais que c'était juste une légende de plus !

— Moi aussi, mais Leclerc semble croire que c'est bien réel. Et il veut qu'on l'aide à découvrir la vérité, répondit Géna, les yeux brillants d'excitation.

Ils échangèrent un sourire complice, impatients de découvrir ce que la nuit leur réservait. En attendant le rendez-vous de ce soir, ils décidèrent de rester à la bibliothèque pour faire quelques recherches sur l'Inconnu de Champagne et sur les légendes locales de Reims.

Ils apprirent que, selon certaines rumeurs, l'Inconnu avait créé un dispositif ou une invention capable de produire une lumière « magique » qui ne s'éteindrait jamais. D'autres histoires prétendaient qu'il possédait une carte secrète menant à un trésor caché. L'existence d'une « clé » revenait aussi souvent dans les récits. Ce qui rendait cette clé unique, cependant, était son caractère magique : elle ne réagissait qu'au contact des descendants de l'Inconnu de Champagne, comme si elle reconnaissait le lien ancestral avec son créateur.

À l'heure du rendez-vous, ils se retrouvèrent près de la fontaine illuminée de la place du marché, où Leclerc les attendait.

— Bien, dit-il en les voyant arriver. Hier matin, grâce à Géna, j'ai étudié de près le carnet que vous avez trouvé. Celui-ci doit être relié à un second carnet rouge pour déchiffrer pleinement les secrets cachés. De plus, une enveloppe accompagnant ce second carnet contient l'unique formule des "Lumières" semble liée à cette énigme. Mais le plus étonnant, le carnet que vous avez trouvé semble contenir des symboles étranges, peut-être un code. Je pense qu'il va nous falloir une nuit entière pour comprendre ce qu'ils signifient.

Le détective leur montra une page en particulier, sur laquelle des symboles étaient gravés : des étoiles, des lignes entremêlées, et même quelques lettres dispersées. Curtis, curieux, s'approcha pour observer de plus près.

— Ça me rappelle le vieux jeu des labyrinthes qu'on fait en classe ! s'exclama Curtis en suivant une ligne du doigt.

Le détective sourit.

— Peut-être bien, répondit-il. Mais attention, ce n'est pas un jeu. Ce carnet semble contenir des indices pour retrouver ce que l'Inconnu a caché, mais certains indices peuvent aussi être des pièges.

Géna hocha la tête, consciente de l'importance de rester prudente. Ensemble, ils passèrent de longues minutes à essayer de déchiffrer les symboles, jusqu'à ce que Géna remarque quelque chose d'étrange.

— Regardez, ici ! Ces lettres forment un mot, dit-elle, les yeux rivés sur une ligne de lettres : « LUMEN ».

Leclerc fronça les sourcils.

— Lumen… Ça signifie « lumière » en latin. Peut-être que cela a un lien avec l'invention de l'Inconnu. Peut-être que cette invention produit une lumière spéciale.

Un silence se fit, et les trois regardèrent le carnet avec un mélange d'émerveillement et de crainte.

— Vous savez, ajouta Leclerc en baissant la voix, si cette invention existe vraiment, elle pourrait changer beaucoup de choses. Imaginez une lumière qui ne s'éteint jamais ! Mais souvenez-vous : si l'Inconnu de Champagne l'a cachée, c'est qu'il y avait une bonne raison. Peut-être pour que personne d'autre ne la découvre.

Le détective leva les yeux vers Géna et Curtis, son regard sérieux.

— Promettez-moi de ne jamais en parler à qui que ce soit d'autre, les avertit-il. Si quelqu'un apprend l'existence de ce carnet, cela pourrait attirer de mauvaises personnes.

Les deux adolescents firent la promesse solennelle de garder le secret. Ils savaient qu'ils entraient dans un mystère bien plus grand que ce qu'ils avaient imaginé.

LA CAVE AUX SECRETS

À la lueur de leurs lampes de poche, Géna, Curtis et Leclerc s'aventurèrent dans les ruelles sombres de Reims, suivant les nouveaux indices découverts dans le carnet. Ils arrivèrent devant une vieille bâtisse abandonnée au cœur du quartier historique. Leclerc s'arrêta devant une porte à demi cachée par du lierre.

Tout en inspectant la bâtisse, le détective leur rappela les dangers potentiels. Il partagea une anecdote sur d'autres explorateurs malchanceux qui s'étaient égarés dans les tunnels, renforçant ainsi l'urgence et la prudence nécessaires pour cette mission.

— Cette cave appartient à un ancien réseau de caves de champagne, expliqua-t-il en abaissant sa voix, autrefois utilisées pour stocker des bouteilles précieuses. Aujourd'hui, on raconte que celles-ci sont connectées entre elles par des passages secrets.

Curtis, impressionné, scruta la porte d'un air mystérieux.

— Ça a l'air tout droit sorti d'un roman d'aventures ! Vous croyez que l'Inconnu de Champagne est passé par ici ?

— Si mon intuition est bonne, ce lieu cache peut-être un indice, ou même une partie du trésor, répondit le détective. Mais restez près de moi, et ne vous éloignez pas. La voix de Leclerc devint plus grave, révélant son propre doute quant à l'ampleur de ce qu'ils pourraient trouver.

Ils pénétrèrent dans la cave, où une odeur de terre humide et de vieux bois flottait dans l'air. Les murs, tapissés de mousse, rendaient l'atmosphère encore plus énigmatique. Le sol était jonché de vieilles bouteilles en verre poussiéreuses, et une étroite arche de pierre s'ouvrait au fond de la pièce. Ils marquèrent leurs pas sur un bloc-notes, s'assurant de pouvoir rebrousser chemin en cas de besoin.

Mais, à mesure qu'ils progressaient, Curtis demanda soudain :

— Mais si ce qu'on cherche était dangereux… Pourquoi l'avoir caché ici ?

Leclerc s'arrêta, l'air pensif, et répondit doucement :

— Parfois, les secrets protègent plus qu'ils ne cachent. N'oubliez jamais : tout ce qui éclaire peut aussi aveugler.

Géna s'approcha de l'arche, attentive aux moindres détails.

Mais quelque chose d'étrange se produisit. Une sensation indéfinissable l'envahit, comme si une connexion invisible la liait au carnet. Ses doigts effleurèrent instinctivement les pages anciennes, et elle sentit un léger frisson parcourir sa peau. Le carnet semblait presque vivant, pulsant doucement entre ses mains.

Une intuition irrésistible la poussa vers le mur à sa droite. Chaque pas qu'elle faisait semblait guidé, comme si le carnet lui murmurait silencieusement où aller. Les battements de son cœur s'accélérèrent alors qu'elle s'approchait d'une brique légèrement en retrait, différente des autres.

— Regardez ça ! s'exclama-t-elle en désignant une petite inscription gravée dans la pierre. Ce sont les mêmes lettres que dans le carnet ! Il y a encore "LUMEN", et… une flèche gravée juste en dessous.

Leclerc se pencha pour observer la gravure et hocha la tête, satisfait.

— Vous avez l'œil ! Il semble que cette flèche indique une direction. Son ton laissait entendre qu'il était également impressionné par l'instinct de Géna, même si une partie de lui restait prudente.

Enthousiastes, les enfants suivirent les instructions du carnet, interprétant les flèches et les symboles comme un chemin. Mais alors qu'ils s'enfonçaient plus profondément dans les caves, ils se heurtèrent à une impasse : une pièce vide, froide, sans autre sortie.

— On s'est trompés, murmura Curtis, frustré. Tout ça pour rien.

Géna scruta les murs, son esprit en ébullition.

— Peut-être pas. Ce carnet cache encore des secrets. Nous avons juste mal compris ce qu'il voulait nous dire, alors, faisons demi-tour.

Alors qu'ils faisaient demi-tour, Leclerc s'arrêta soudainement, son regard fixé sur une trace au sol, comme si quelqu'un les avait suivis ou avait récemment exploré les lieux.

— L'échec fait partie de toute enquête. On apprend toujours des fausses pistes. Je pense que cela nous mène encore plus profondément dans les caves, dit le détective, tout en révélant le soupçon qui grandissait en lui. Il fit signe de continuer avec prudence.

La tension dans l'air était palpable. Géna tendit la main, hésitante, vers la brique en question. À cet instant, il lui sembla entendre un murmure presque imperceptible, émanant du carnet, comme un souffle du passé. Ses doigts se posèrent sur la pierre froide, et elle la fit glisser lentement. Derrière, une lueur dorée apparut, éclairant faiblement la cave obscure.

Géna découvrit une clé dorée. Elle la prit délicatement et montra sa trouvaille aux deux autres.

— Cette clé semble ancienne… mais pourquoi était-elle cachée ici ? murmura-t-elle, fascinée. Son regard brillait d'excitation, mais aussi d'une peur grandissante à l'idée de ce que cette clé pourrait déclencher.

Leclerc la prit dans sa main et l'examina.

— Cette clé… pourrait bien être un indice essentiel, déclara-t-il. Mais il faudra attendre de trouver ce qu'elle ouvre. Pour l'instant, gardons-la précieusement.

Le détective glissa un regard vers les enfants, comme pour leur rappeler que leur mission devenait de plus en plus risquée.

Alors qu'ils continuaient d'avancer, ils entendirent un léger bruit de pas derrière eux. Curtis se retourna et, dans la pénombre, crut apercevoir deux silhouettes qui les suivaient. Il donna un léger coup de coude à sa cousine.

— Je crois qu'on nous suit, murmura-t-il, son regard inquiet fixé sur les ombres au bout du couloir.

Géna et Leclerc se retournèrent lentement, et tous trois fixèrent les silhouettes, qui semblaient hésiter avant de s'approcher. Enfin, elles apparurent dans la lumière tremblante de leurs lampes de poche. C'était deux hommes l'un âgé d'une cinquantaine d'années, vêtu d'un vieux manteau en laine, dont le visage était marqué de petites rides et le second était plus jeune et sa tenue vestimentaire était bien élégante.

— Pardonnez-nous de vous effrayer, dit M. Durand d'une voix rauque. Je suis le gardien, et l'homme qui m'accompagne se nomme M. Morel. Mon ami expertisait un objet précieux dans l'une des caves, et en entendant du bruit, nous avons fait demi-tour pour voir ce qui se passait.

Leclerc s'avança en montrant sa carte de détective aux deux hommes.

— Nous ne voulons causer aucun trouble, rassurez-vous, répondit-il calmement. Nous menons une enquête discrète sur l'histoire des lieux. Et, si je ne me trompe pas, vous semblez en savoir beaucoup M. Durand.

Le gardien les scruta un instant, les yeux plissés.

— Beaucoup de gens se sont aventurés ici, attirés par les mystères que renferment ces caves, commença-t-il d'une voix lente. Mais peu sont ceux qui savent vraiment ce qu'ils cherchent. Et encore moins ceux qui en ressortent indemnes.

Le vieil homme se tourna vers Géna, tenant toujours la petite clé dorée dans sa main.

— Vous avez trouvé une clé… Il est dit qu'une clé ancienne mène aux Lumières de Champagne, une invention cachée il y a des décennies par un homme qui portait bien des secrets. Mais cette invention n'apporte pas que de la lumière. Elle peut causer beaucoup de mal entre de mauvaises mains, ajouta-t-il, son regard s'assombrissant.

Leclerc, comprenant la gravité de ses paroles, demanda doucement :

— Savez-vous ce que cette clé ouvre ?

M. Durand resta silencieux un moment, puis fit signe aux enfants et à Leclerc de le suivre, tandis que M. Morel les salua car il avait un rendez-vous très important.

Tous les quatre avancèrent dans les profondeurs de la cave, jusqu'à un mur de pierres couvert de mousses. Le gardien montra un endroit précis du mur où, bien dissimulée dans la pierre, se trouvait une serrure.

— Cette serrure n'a pas été ouverte depuis de nombreuses années, dit-il, sa voix tremblante. Je n'ai jamais eu le courage de découvrir ce qu'elle cachait. Si vous choisissez d'aller plus loin, sachez que vous ne pourrez plus revenir en arrière.

Curtis et Géna échangèrent un regard empli d'excitation et de crainte. Ils savaient qu'ils étaient au cœur d'un secret ancien, mais ils sentaient aussi le poids de la responsabilité qui pesait sur eux.

— Nous sommes prêts, répondit Géna d'une voix assurée, en glissant la clé dans la serrure.

Le verrou céda dans un déclic, et une ouverture se révéla dans le mur, laissant échapper une lueur dorée. Ils pénétrèrent dans la petite pièce, où, sur une table en pierre, reposait une étrange boîte métallique incrustée de cristaux lumineux.

Leclerc s'approcha avec précaution et, après un long moment, posa sa main sur la boîte. Un léger frémissement parcourut l'objet, et la lumière des cristaux sembla intensifier.

— C'est l'invention, souffla Leclerc, presque ébloui. L'œuvre de l'Inconnu de Champagne…

une source de lumière éternelle, capable d'illuminer n'importe quel lieu, de changer la nuit en jour.

Géna et Curtis, les yeux émerveillés, se demandaient si cela pouvait vraiment exister. Leclerc, en revanche, semblait pris dans une profonde réflexion.

— Maintenant, je comprends pourquoi cet homme a caché cette invention, dit-il. Entre de mauvaises mains, un tel objet pourrait devenir une arme, une source de pouvoir immense. La bonne décision serait peut-être de laisser cet objet ici, à l'abri des regards…

Curtis, partagé entre l'enthousiasme et la prudence, finit par acquiescer.

— Vous avez raison, monsieur Leclerc. Mais au moins, nous savons que nous avons découvert quelque chose d'incroyable.

Géna observa la boîte, puis se tourna vers le détective.

— Ce sera notre secret, dit-elle doucement. Nous laisserons cette invention ici, pour qu'elle reste protégée.

M. Durand hocha la tête, soulagé de leur décision.

— Merci. Vous êtes plus sages que bien des adultes qui ont tenté de trouver cette invention, murmura-t-il.

Ils quittèrent la pièce secrète, refermant soigneusement la serrure pour que personne ne puisse la retrouver. Alors qu'ils remontaient vers la surface, Géna se tourna vers Curtis et Leclerc.

— Cette aventure est la plus étrange et la plus incroyable que j'aie jamais vécue, dit-elle avec un large sourire.

Leclerc, posant une main paternelle sur son épaule, sourit en retour.

— Vous avez été courageux, tous les deux. Et vous avez compris que le vrai trésor n'est pas toujours fait de richesse. Ce secret, que nous garderons tous ensemble, restera l'un des plus beaux mystères de Noël.

Alors qu'ils rejoignaient enfin la sortie de la cave, Géna et Curtis jetèrent un dernier regard en arrière, vers cette aventure qui les avait rapprochés de l'Inconnu de Champagne et de son secret. Tandis que les premières lueurs de l'aube commençaient à poindre, ils savaient que ce Noël serait gravé dans leur mémoire pour toujours.

L'HISTOIRE SECRÈTE DE
L'INCONNU DE CHAMPAGNE

Au petit matin, de retour chez eux après une nuit d'aventures, Géna et Curtis se retrouvaient emplis d'une excitation impossible à contenir. Ils avaient fait la promesse de garder le secret, mais leur curiosité était plus vive que jamais. Ils voulaient en savoir plus sur cet Inconnu de Champagne, sur ce mystérieux inventeur qui, des années auparavant, avait caché sa création au monde.

Le lendemain, ils se retrouvèrent chez Curtis, chacun apportant un carnet pour noter tout ce qu'ils apprendraient. Ils prenaient cette mission très au sérieux, et Curtis avait même apporté sa vieille casquette d'enquêteur pour l'occasion.

— Tu te rends compte, Curtis ? On a trouvé quelque chose que personne d'autre n'a jamais vu, dit Géna d'un ton solennel. On doit protéger cette invention, mais on doit aussi comprendre pourquoi elle est là.

— D'accord, répondit Curtis en hochant la tête. Et si on allait en apprendre plus à la bibliothèque ? Les livres d'histoire parlent peut-être de lui. Ou alors… on pourrait demander à des habitants plus âgés s'ils connaissent des histoires sur lui !

Ils décidèrent de commencer par interroger Madame Sadjania, une voisine âgée de Curtis qui avait vécu toute sa vie à Reims. Elle adorait les histoires et connaissait mieux que quiconque les légendes locales.

En début d'après-midi, les deux cousins sonnèrent à la porte de Madame Sadjania qui habitait dans une petite maison chaleureuse remplie de vieilles photos et de souvenirs de famille. Elle les accueillit avec un sourire bienveillant et des biscuits chauds, qu'elle posa devant eux en les invitant à s'installer confortablement dans le salon.

— Eh bien, mes petits enquêteurs, qu'est-ce qui vous amène ? demanda-t-elle en leur tendant les biscuits.

— Madame Sadjania, on voudrait savoir si vous avez entendu parler de l'Inconnu de Champagne, répondit Géna sans détour.

La vieille dame leva les sourcils, visiblement surprise par la question.

— L'Inconnu de Champagne ? Voilà bien longtemps que personne ne m'a posé cette question, dit-elle en souriant. Ah, cet homme mystérieux ! Il n'a jamais dit son nom et personne ne connaissait son passé. On racontait qu'il était venu de Paris et qu'il possédait une invention… mais que celle-ci attirait la convoitise de gens dangereux.

Curtis, captivé, se pencha en avant.

— Que s'est-il passé ? demanda-t-il, les yeux grands ouverts.

— On dit qu'il a voulu protéger son invention en la cachant dans les caves sous Reims, poursuivit Madame Sadjania, baissant la voix comme si elle révélait un secret interdit. Mais il ne l'a pas fait seul. Quelques personnes de confiance l'ont aidé, des amis qui croyaient en lui et en sa vision d'un monde illuminé sans limite. Hélas, après l'avoir cachée, il a disparu. Certains pensent qu'il a quitté la ville, mais d'autres disent qu'il a été victime d'un complot.

Un frisson parcourut les enfants. Géna et Curtis échangèrent un regard, chacun réalisant l'importance de ce qu'ils avaient découvert. Ils comprenaient désormais pourquoi l'Inconnu de Champagne avait caché sa création avec tant de soin.

— Mais… si c'était si secret, comment les gens ont-ils fini par entendre parler de lui ? demanda Géna, intriguée.

La vieille dame prit un air mystérieux.

— Les légendes ont la vie dure, ma chère ! Et il paraît que chaque année, à Noël, quelqu'un reçoit un signe, un indice, pour suivre le chemin de l'Inconnu. C'est ainsi que son histoire s'est transmise, comme un conte de Noël, dans l'espoir qu'un jour, quelqu'un digne de confiance puisse protéger son invention.

En sortant de chez Madame Sadjania, Géna et Curtis restèrent silencieux un instant, pensant à tout ce qu'ils venaient d'apprendre. La légende de l'Inconnu de Champagne, transmise de génération en génération, n'était pas simplement une histoire pour faire rêver. Elle contenait des vérités et des mystères que les adolescents venaient d'effleurer pour la première fois.

— On doit retrouver Leclerc pour lui raconter ce que ta voisine nous a dit, déclara Curtis avec enthousiasme. Il pourra peut-être nous dire ce qu'il pense de tout ça.

— Oui, mais il va sûrement vouloir qu'on garde cette histoire encore plus secrète… surtout si certains ont disparu en essayant de retrouver cette invention, répondit Géna, songeuse.

LA NUIT DES RÉVÉLATIONS

Après leur entrevue avec Madame Sadjania, les cousins se dirigèrent vers la place du marché, où le détective les attendait sous les lumières scintillantes de Noël. Malgré l'air joyeux des festivités, ils sentaient un poids peser sur leurs épaules. Ils venaient de découvrir que l'Inconnu de Champagne n'était pas un simple personnage de légende mais un inventeur ayant caché une création puissante et mystérieuse.

Lorsque les deux enfants arrivèrent près de la fontaine illuminée, Leclerc les attendait, une main dans sa poche et l'autre tenant une carte ancienne qu'il observait d'un air pensif. Le détective leva les yeux à leur arrivée et leur adressa un sourire rassurant.

— Alors, qu'avez-vous appris de Madame Sadjania ? demanda-t-il avec curiosité.

— Elle nous a raconté l'histoire de l'Inconnu, commença Géna, les yeux brillants. Elle croit que cet inventeur cachait une invention qui produit de la lumière… une lumière qui ne s'éteint jamais !

Leclerc écouta attentivement et hocha la tête. Il leur expliqua alors ce qu'il avait découvert en étudiant l'invention de l'Inconnu. D'après ses recherches, cette invention pourrait non seulement éclairer sans jamais s'éteindre, mais aussi fournir de l'énergie à des machines, une technologie révolutionnaire même pour aujourd'hui.

— Mais pourquoi cacher une invention aussi incroyable ? demanda Curtis, intrigué.

Leclerc réfléchit un instant, les yeux fixés sur la fontaine dont l'eau semblait briller sous la lumière des réverbères.

— Parfois, les choses les plus précieuses sont aussi les plus dangereuses, Curtis, répondit-il d'un ton grave. Cette invention pourrait être utilisée pour faire le bien, mais elle pourrait aussi devenir une arme redoutable. Si elle tombait entre de mauvaises mains…

Leclerc ne finit pas sa phrase, mais les enfants comprirent. Géna regarda Curtis, puis se tourna vers le détective.

— Vous avez raison. Il faut garder ce secret, murmura-t-elle.

Le détective hocha la tête et leur demanda de jurer de ne jamais révéler l'existence de l'invention ni des indices trouvés dans le carnet. Géna et Curtis se regardèrent, puis prirent la main de l'autre avant de faire leur promesse avec toute la solennité dont ils étaient capables.

Leclerc sortit alors deux petits médaillons en forme d'étoile qu'il leur tendit. Ces médailles, dit-il, symboliseraient leur pacte. Ils les porteraient toujours sur eux, un rappel constant de leur mission secrète. Géna le serra contre son cœur, tandis que Curtis attachait le sien autour de son cou.

Au moment où ils terminaient leur serment, une ombre se dessina dans la ruelle voisine. Une silhouette sombre se tenait là, immobile. Leclerc l'avait remarquée aussi ; son regard devint soudain alerte, et il murmura :

— Ne vous retournez pas, mais nous ne sommes pas seuls.

Géna sentit son cœur battre plus vite tandis qu'elle jetait un rapide coup d'œil vers l'ombre. La silhouette s'avança de quelques pas, mais lorsque Leclerc fit un mouvement dans sa direction, elle disparut dans la nuit.

— On dirait que notre secret est déjà en danger, murmura le détective. Nous devrons redoubler de prudence.

Leclerc leur fit signe de le suivre pour s'éloigner de la place. Cette nuit-là, ils rentrèrent chez eux avec le sentiment que quelque chose d'invisible les entourait, comme un voile de

mystère bien plus sombre qu'ils ne l'avaient
imaginé.

LE PACTE DES PROTECTEURS

Le lendemain, Leclerc donna rendez-vous aux enfants près du vieux cimetière de Reims, non loin du mausolée de la famille de l'Inconnu de Champagne. Il avait choisi cet endroit pour que personne ne puisse entendre ce qu'il allait leur dire. Sous un ciel gris et menaçant, les trois amis se retrouvèrent au pied de l'imposant monument de pierre.

— Je voulais que nous scellions notre promesse ici, expliqua Leclerc en posant une main protectrice sur l'épaule de Géna. Ce lieu abrite les secrets de bien des gens, et peut-être aussi les réponses aux mystères qui nous entourent.

Les enfants acquiescèrent en silence, sentant la gravité du moment. Le détective leur expliqua que, désormais, ils formaient une sorte de confrérie, une alliance pour protéger la découverte de l'Inconnu. Ce pacte ne devait jamais être rompu.

— Maintenant, dit Leclerc en leur tendant un médaillon blanc avec une étoile gravée, ce présent sera le symbole de notre promesse. Vous devez le garder sur vous, comme un rappel de notre engagement.

Curtis le passa autour de son cou, un frisson d'excitation le parcourant. Géna fit de même, et ils échangèrent un regard solennel.

Soudain, des bruits de pas se firent entendre derrière eux. Géna se retourna vivement et aperçut la même silhouette sombre que la veille. Cette fois, l'homme restait dans l'ombre, immobile, les observant en silence.

Leclerc fronça les sourcils, s'avançant d'un pas.

— Qui êtes-vous ? lança-t-il.

La silhouette ne répondit pas, mais un faible rire résonna dans la nuit avant qu'elle ne disparaisse dans l'obscurité. Leclerc resta immobile un moment, avant de se tourner vers les adolescents.

— Nous devons nous préparer. Quelqu'un est décidément intéressé par ce que nous savons, déclara-t-il d'une voix calme mais ferme.

LA CARTE DES PASSAGES SECRETS

Le jour suivant, Leclerc convia les enfants chez lui pour leur montrer une découverte capitale : une carte ancienne, trouvée dans les archives de la ville. Elle dévoilait un réseau de passages souterrains reliant certaines caves de Reims aux anciennes galeries de Paris. Les yeux de Géna s'illuminèrent en découvrant le tracé complexe de ces tunnels cachés.

— Cette carte pourrait nous aider à protéger l'invention, expliqua Leclerc. Mais il va falloir user d'ingéniosité.

Il leur montra des symboles étranges inscrits sur le parchemin, similaires à ceux du carnet. Géna et Curtis échangèrent un regard complice. Ils savaient que cette carte représentait une nouvelle étape dans leur mission.

Alors qu'ils étudiaient la carte, Curtis pointa une note discrète griffonnée dans un coin : *« L'Étoile guide le chemin, mais la vigilance est la clé. »*

— Vous croyez que cela signifie quelque chose ? demanda-t-il, fasciné.

Leclerc acquiesça, pensif.

— Peut-être… ou alors, c'est un avertissement. Nous devrons rester prudents et avancer pas à pas, répondit-il.

LA PREMIÈRE CONFRONTATION

Ce soir-là, Leclerc les emmena dans les caves pour explorer un passage indiqué sur la carte. La lueur de leurs lampes de poche tremblait, projetant des ombres inquiétantes sur les murs humides. Soudain, Leclerc s'arrêta net.

— Là-bas, murmura-t-il en désignant l'obscurité devant eux. Il est là.

Dans l'ombre se tenait de nouveau l'homme en manteau noir. Leclerc s'avança sans hésiter pour lui faire face. Mais avant qu'il n'ait pu l'atteindre, l'homme bondit en avant, se jetant sur lui. Les enfants restèrent en arrière, stupéfaits. Les deux hommes luttaient dans un silence tendu, et Curtis chuchota à Géna :

— Il nous faut de l'aide ! Mais qui appeler ?

Avant qu'ils n'aient pu réagir, l'homme s'échappa, lançant à Leclerc :

— Ce secret ne vous appartient pas. Un jour, je reviendrai !

Il disparut dans les profondeurs des caves, laissant les enfants et Leclerc seuls, secoués par la confrontation. Leclerc posa une main rassurante sur l'épaule de Curtis.

— Ce n'est pas fini, mais nous ne devons pas faiblir, dit-il avec fermeté.

LE PLAN DE DÉFENSE

Le lendemain, le trio passa la journée à sécuriser les passages. Leclerc, avec sa minutie de détective, barricada les accès principaux. Géna et Curtis, enthousiastes, aidèrent en plaçant des signes cryptés sur les chemins pour dissuader les intrus.

Ils ne laissèrent aucun détail au hasard, et lorsque le soir tomba, ils sentirent une grande fierté les envahir.

— Ce secret est bien plus en sécurité maintenant, murmura Géna en observant la carte.

Leclerc, les yeux brillants d'admiration pour ses jeunes alliés, posa une main sur leurs épaules.

— Vous avez prouvé que vous étiez dignes de cette mission. Ensemble, nous protégerons le mystère de l'Inconnu de Champagne.

Le pacte des protecteurs avait pris tout son sens.

LA TRAHISON

Depuis leur promesse solennelle, les trois protagonistes veillaient chaque jour sur leur secret. Mais quelque chose les inquiétait de plus en plus : ils avaient l'impression d'être observés, et surtout, que quelqu'un pourrait trahir leur cause. Un soir, alors que Curtis revenait seul d'un repérage près des caves, il remarqua une silhouette se glissant discrètement dans une ruelle voisine.

En se rapprochant, il reconnut M. Morel, l'homme qui était avec le gardien des caves ! Intrigué, Curtis décida de le suivre, prenant soin de se cacher dans l'ombre des murs. Il le vit disparaître dans une petite cave abandonnée, un peu à l'écart des autres. L'adolescent attendit quelques secondes, puis s'avança doucement et colla son oreille contre la porte pour écouter.

M. Morel et l'homme en noir échangeaient des paroles tendues.

— Pourquoi prenez-vous autant de risques ? demanda M. Morel, visiblement mal à l'aise.

L'homme en noir répondit avec une froideur calculée :

— Cette invention pourrait révolutionner le monde. Imaginez une source de lumière éternelle, capable de fonctionner sans carburant ni entretien. Dans les bonnes mains, elle illuminerait des cités entières ; dans les mauvaises, elle alimenterait des armes ou contrôlerait des populations.

M. Morel hésita, pensant à sa situation. Antiquaire ruiné par des dettes, il avait accepté de collaborer avec l'homme en noir dans l'espoir de régler ses problèmes financiers. Mais il ne pouvait s'empêcher de ressentir une appréhension croissante face à la froide détermination de son complice.

— Personne ne doit savoir. Si on joue bien nos cartes, tout sera à nous bientôt, murmura une voix grave, que Curtis reconnut aussitôt comme celle de l'homme en noir.

Un frisson parcourut le dos du garçon : c'était bien la même silhouette qui les suivait depuis le début de leur aventure ! Curtis, le souffle court, continua d'écouter.

— Les enfants et ce détective fouillent dans des secrets qui ne leur appartiennent pas. S'ils continuent, je crains qu'ils ne découvrent notre plan, dit M. Morel d'un ton inquiet.

Curtis retint son souffle. Il comprit maintenant que cette personne était le complice de l'homme en noir. Il attendit que les deux hommes quittent la cave et se glissa discrètement dans la ruelle pour repartir chez-lui.

Le lendemain, il raconta tout à Géna, qui resta bouche bée.

— M. Morel ? Mais pourquoi voudrait-il aider cet homme en noir ? s'étonna-t-elle.

— Je ne sais pas, répondit son cousin. Peut-être qu'il cherche à s'enrichir en s'emparant de l'invention… ou pire.

Ils décidèrent d'en parler au détective qui, à leur surprise, ne fut pas étonné.

— J'ai eu des doutes en le voyant partir. Il avait la goutte de sueur au front et la gorge serré en prétextant un rendez-vous, leur confia-t-il. Mais maintenant, il est clair qu'il faudra surveiller chacun de ses mouvements.

Leclerc leur proposa de monter un plan pour le surveiller. Ils élaborèrent un emploi du temps pour espionner discrètement ses faits et gestes, chacun à tour de rôle, de manière à ne jamais éveiller ses soupçons. Leur mission devenait plus dangereuse, mais la trahison de cet homme ne faisait que renforcer leur détermination à protéger le trésor de l'Inconnu de Champagne.

Chaque soir, le trio se relayait pour suivre les allées et venues de M. Morel, notant chaque détail suspect. À mesure que les jours passaient, ils comprenaient que le danger était bien plus grand qu'ils ne l'imaginaient.

UNE ALLIANCE IMPROBABLE

Après quelques jours d'espionnage, les enfants se rendirent compte qu'ils auraient besoin d'aide pour surveiller M. Morel et l'homme en noir sans éveiller de soupçons. C'est alors que Curtis proposa de faire appel à Matthias, un autre cousin, connu pour son courage et son intelligence. Curtis était certain qu'il saurait garder le secret et les aider dans leur mission.

Lorsqu'ils se retrouvèrent à la fontaine du marché, Curtis expliqua la situation à son cousin, qui écouta attentivement, un sourire d'excitation se dessinant peu à peu sur son visage.

— Une invention cachée et un homme qui vous trahit ? Ça, c'est une vraie aventure ! s'exclama Matthias, les yeux pétillants.

Géna, un peu méfiante, demanda d'une voix hésitante :

— Tu crois que tu pourras garder le secret ? C'est vraiment important.

Matthias acquiesça sans hésiter.

— Tu sais très bien que vous pouvez compter sur moi. Si on veut protéger cette invention, il nous faudra être plus malin que M. Morel et cet homme en noir. Et pour ça, je suis prêt à tout !

Avec l'approbation du détective Leclerc, ils expliquèrent à Matthias ce qu'ils avaient découvert sur les intentions de M. Morel et de l'homme en noir. Ils lui montrèrent la carte des passages secrets, ainsi que les notes codées qu'ils avaient trouvées dans le carnet. Matthias fut immédiatement fasciné par les symboles et proposa de se charger de leur décryptage.

Dès le lendemain, Matthias se mit au travail pour surveiller discrètement M. Morel et prit des notes à chaque rencontre suspecte avec l'homme en noir. Il découvrit très vite qu'il utilisait un langage codé dans ses discussions, ajoutant encore un degré de mystère à leur mission. Curtis et Géna furent impressionnés par la rapidité avec laquelle Matthias décryptait des mots et devinait des intentions cachées.

— Je ne pensais pas que tu serais aussi doué ! s'enthousiasma Curtis.

Matthias sourit modestement.

— Les mystères, c'est un peu ma passion, répondit-il avec un clin d'œil. Et puis, il faut bien qu'on aide Leclerc à déjouer leurs plans.

Ils élaborèrent ensemble un plan détaillé pour protéger l'invention et déjouer les intentions de M. Morel. L'alliance improbable entre les trois jeunes et le détective Leclerc prit forme, et ils se sentirent désormais plus forts pour affronter l'inconnu.

LES RÉVÉLATIONS DE MATTHIAS

Depuis qu'il avait rejoint le groupe, Matthias passait chaque nuit à analyser les symboles et les mots codés qu'il avait entendus dans les discussions entre M. Morel et l'homme en noir. Après plusieurs soirées de réflexion, il se rendit chez son cousin avec un air triomphant et une feuille couverte de gribouillis.

— J'ai découvert des mots dans leur code ! s'exclama-t-il. Ils parlent constamment de « lumière », de « champagne » et d'une « carte ». Ils savent qu'il y a quelque chose dans les caves, et il est possible qu'ils possèdent une copie de la carte !

Géna et Curtis échangèrent un regard alarmé.

— Si l'homme en noir et le M. Morel ont une carte, ils peuvent trouver l'invention avant nous ! murmura Géna, inquiète.

Ils décidèrent d'en informer Leclerc au plus vite. Celui-ci, en entendant la nouvelle, afficha une expression soucieuse.

— Je craignais que ce moment arrive, dit-il d'une voix basse. Cela signifie que nous avons très peu de temps pour agir.

Ils élaborèrent alors un plan pour dérouter leurs ennemis et protéger les accès les plus proches de la cachette. Le détective proposa de verrouiller les passages principaux et de créer de faux indices pour éloigner les deux hommes.

Les trois amis travaillèrent alors d'arrache-pied à mettre en place ce plan. Ils passèrent des heures à dessiner de faux symboles et à détourner les chemins, transformant les passages en un labyrinthe complexe et déroutant. Au bout de quelques jours, tout était prêt, et ils se sentaient confiants dans leur stratégie.

LA DÉCOUVERTE D'UNE
CACHE SECRÈTE

Un soir, alors qu'ils terminaient les préparatifs pour tromper les deux malfaiteurs, Matthias découvrit un indice qui les conduisit à un coin reculé d'une cave ancienne. Ils y trouvèrent un mur de pierre usé par le temps, marqué par des symboles identiques à ceux du carnet.

— Vous voyez ça ? dit Matthias en désignant une fissure dans la pierre. On dirait qu'il y a quelque chose derrière ce mur.

Ensemble, ils entreprirent de dégager la pierre et découvrirent, cachés dans une petite niche, un coffret contenant à l'intérieur plusieurs vieux parchemins et un journal aux pages jaunies. Curtis, les yeux écarquillés, s'empara du journal et l'ouvrit avec précaution.

— Ce journal… il a appartenu à l'Inconnu de Champagne, souffla-t-il, émerveillé.

Les parchemins révélaient des plans et des notes expliquant la raison de l'invention. Dans le journal, ils lurent que l'Inconnu voulait offrir une lumière éternelle pour illuminer le monde, mais craignait que certains utilisent son invention pour le mal.

Ils comprirent alors pleinement l'importance de leur mission. Le détective, ému par cette découverte, leur adressa un sourire grave.

— Vous comprenez maintenant pourquoi ce secret doit rester caché. L'invention est un trésor inestimable, mais dans de mauvaises mains, elle pourrait causer des ravages.

Ils cachèrent de nouveau le journal et les parchemins, déterminés à ne jamais révéler ce qu'ils avaient trouvé, même si la tentation était grande. Désormais, ils savaient qu'ils protégeaient bien plus qu'une simple invention.

UNE MENACE IMMINENTE

Quelques jours plus tard, Matthias, lors d'une de ses missions de surveillance, découvrit que M. Morel et l'homme en noir avaient effectivement une copie de la carte des passages. Pire encore, ils semblaient avoir deviné l'emplacement de la cachette principale.

— Ils arrivent, ils arrivent ! dit Matthias d'une voix tremblante lorsqu'il rejoignit Géna et Curtis pour les informer. Ils s'apprêtent à entrer dans les passages pour chercher l'invention.

Géna et Curtis échangèrent un regard paniqué. Leur plan risquait d'échouer si M. Morel et son allié accédaient au trésor. Leclerc, alerté par la nouvelle, décida de leur tendre un piège dans les catacombes pour les intercepter.

Avec détermination, ils élaborèrent un dernier plan. Ce serait leur seule chance de protéger le secret de l'Inconnu de Champagne et de sauver son invention du danger.

LES VISIONS DE CURTIS

La nuit était tombée sur Reims, et Curtis peinait à trouver le sommeil. Depuis leur dernière découverte, il faisait des rêves étranges qui le hantaient. Il voyait des symboles scintillants, des tunnels étroits et des passages remplis d'étoiles dorées qui semblaient lui indiquer un chemin.

Dans l'un de ses rêves, Curtis aperçut un message tracé dans la poussière, comme s'il avait été gravé dans les murs d'un ancien passage souterrain : « *La lumière te guidera si tu suis l'étoile.* » Il se réveilla en sursaut, le cœur battant.

Le lendemain matin, Géna remarqua les cernes sous ses yeux.

— Ça va, Curtis ? On dirait que tu n'as pas dormi de la nuit, s'inquiéta-t-elle.

L'adolescent hésita, puis décida de lui raconter ses rêves.

— C'est comme si quelque chose ou… quelqu'un essayait de me donner des indices. Je sais que ça semble fou, mais j'ai l'impression que ces visions pourraient nous aider à trouver un passage secret, murmura-t-il.

La jeune fille resta silencieuse un instant, impressionnée par la gravité de ses paroles.

— Si ces rêves te montrent des choses qu'on n'a pas encore découvertes, il faut les prendre au sérieux, déclara-t-elle finalement. On peut en parler à Leclerc et voir ce qu'il en pense ?

Ils trouvèrent le détective dans une salle de la bibliothèque municipale ainsi que Matthias, plongés dans des manuscrits anciens. Le détective écouta attentivement le récit de Curtis, réfléchissant aux mots qu'il venait d'entendre.

— Il est possible que ces rêves soient liés aux symboles du carnet, dit Leclerc en feuilletant les pages du journal de l'Inconnu. Certains passages parlent de méditation et de la connexion entre l'inventeur et son œuvre. Peut-être que l'invention émet une énergie qui atteint ceux qui lui sont liés.

Le détective proposa alors une idée très audacieuse : ils allaient suivre les indications des rêves de Curtis pour tenter de découvrir un passage qu'ils auraient pu négliger.

Cette nuit-là, les trois cousins et Leclerc s'aventurèrent dans les souterrains, guidés par les visions de Curtis. Les étoiles du ciel étaient leur seule lumière, et chaque coin sombre leur semblait une invitation au mystère. Finalement, après des longues heures de recherche Curtis s'arrêta, fixant un mur couvert de mousse.

— C'est ici… je l'ai vu dans mes rêves ! s'exclama-t-il, tremblant d'excitation.

Leclerc scruta le mur et, en y passant sa main, trouva un levier dissimulé dans la pierre. Lorsqu'il l'actionna, un passage secret s'ouvrit, révélant un tunnel encore plus profond. Ils avancèrent prudemment, Curtis en tête, sa vision le guidant vers leur prochaine étape.

LA TRAQUE DANS LES CATACOMBES

Alors qu'ils exploraient le passage découvert grâce aux visions de Curtis, les cousins entendirent des bruits de pas résonner dans le tunnel. Ils échangèrent un regard inquiet, sachant que cela ne pouvait signifier qu'une chose : M. Morel et l'homme en noir étaient sur leurs traces.

Le détective leur fit signe de s'arrêter et murmura :

— C'est notre chance. Si nous les piégeons ici, ils ne pourront plus mettre la main sur l'invention. On va se cacher et les observer.

Tandis qu'ils se dissimulaient derrière une pile de vieilles caisses, Géna sentit son cœur battre à tout rompre. À travers les interstices des caisses, elle distingua les malfaiteurs, avançant lentement dans le tunnel étroit.

— Nous devons atteindre cette cachette avant eux, murmura l'homme en noir, sa voix tranchante résonnant dans les parois de pierre.

Curtis murmura à ses deux cousins, à peine audible :

— Pourquoi ces gars ont-ils l'air de tout connaitre ? C'est comme s'ils devinaient nos mouvements.

Leclerc, accroupi à côté d'eux, les fit taire d'un geste. Il attendit que les deux hommes dépassent leur position avant de murmurer :

— Ils sont dangereux, mais nous avons l'avantage. Restez en arrière.

Mais alors qu'ils avançaient à leur suite, une pierre roula sous le pied de Curtis, produisant un bruit sec. M. Morel se retourna brusquement, ses yeux plissés fouillant l'obscurité.

— Nous devons trouver cette invention avant que Leclerc et les enfants ne la cachent à tout jamais ! Cette lumière éternelle pourrait illuminer les nuits du monde entier, et faire bien plus encore… dit l'homme en noir, un éclat calculateur dans la voix.

M. Morel, hésitant, répondit :

— Mais… si elle est aussi puissante, ne risque-t-elle pas d'attirer des ennuis ?

L'homme en noir posa une main sur son épaule, son ton devenu glacial :

— Les ennuis viennent à ceux qui n'osent pas agir. Pensez plutôt à ce que nous gagnerons : fortune, pouvoir…

Leclerc fit signe aux enfants de rester immobiles, son doigt posé sur ses lèvres en un geste de silence absolu. À travers les interstices des caisses, Matthias et Géna distinguaient M. Morel inspectant les murs, tandis que l'homme en noir, nerveux, lançait des ordres secs.

— Attendez qu'ils s'éloignent, murmura Leclerc, son regard rivé sur les intrus.

Quand les deux hommes disparurent dans le virage du tunnel, il hocha la tête, et tous les quatre se mirent à avancer à pas feutrés. Une fois que les deux hommes furent suffisamment éloignés, ils se lancèrent à leur poursuite. Soudain, le détective bondit devant eux, les surprenant.

— C'est terminé, lança-t-il d'une voix autoritaire. Vous n'irez pas plus loin.

L'homme en noir esquissa un sourire cruel :

— Vous pensez pouvoir nous arrêter ? Vous n'avez aucune idée de la puissance de ce que vous protégez. Cette invention n'est pas faite pour rester cachée.

Géna, le regard fixé sur la clé dorée qu'elle avait trouvée quelques jours avant, sentit une intuition l'envahir. Cette clé devait servir à quelque chose. Ses mains tremblantes saisirent l'objet et cherchèrent dans l'ombre un mécanisme.

Géna sentit un frémissement étrange dans sa paume, comme si la clé elle-même l'appelait. Guidée par une intuition irrésistible, elle promena ses doigts sur la pierre et trouva une fente étroite dissimulée.

— Les garçons, venez, murmura-t-elle.

Les bruits de pas des poursuivants résonnaient plus fort, proches, presque menaçants. Ses mains tremblantes insérèrent la clé dans la serrure dissimulée. Un déclic métallique retentit.

Celui-ci brisa le silence, suivi d'un grondement sourd. Les murs tremblèrent, laissant apparaître une ouverture. La lumière vacillante de leur lampe torche révéla un passage secret.

— Vite ! lança-t-elle à ses cousins et au détective, ses yeux brillant d'une détermination fébrile.

Derrière eux, les voix des malfaiteurs s'élevèrent, pleines de rage et d'urgence, comme si ce passage pouvait les priver de leur ultime espoir.

Soudain, les murs autour d'eux commencèrent à se refermer lentement, créant un cul-de-sac piégeant les deux hommes.

— Non ! hurla l'homme en noir, frappant le mur qui scellait leur sort.

Leclerc murmura :

— C'est notre chance. Partons avant qu'ils ne trouvent un moyen de sortir.

Un sourire mauvais apparut sur le visage de l'homme en noir :

— Vous ne pouvez pas nous arrêter, répondit-il avec assurance. Nous savons tout sur l'invention de l'Inconnu, et rien ni personne ne nous empêchera de la récupérer.

Leclerc, la mâchoire serrée, posa un regard rassurant sur les trois adolescents et il murmura.

— Restez calmes. Tout va bien se passer maintenant…

Les adolescents, tremblants mais confiants, hochèrent chacun la tête. Guidés par le détective, ils s'éloignèrent silencieusement et atteignirent un véhicule de police garé dans une alcôve sombre, où des officiers attendaient. Une fois les enfants à l'abri, Leclerc activa discrètement son radio-transmetteur.

— À vous, messieurs.

À cet instant précis, un bruit de pas précipités monta dans les tunnels : les deux malfaiteurs, piégés dans le cul-de-sac, réalisaient leur situation.

— Non ! hurla l'homme en noir, la voix chargée de rage.

M. Morel tambourina contre les parois, son souffle court. Mais avant qu'ils ne puissent réfléchir à un plan d'évasion, une lumière crue illumina l'entrée du passage, suivie d'une injonction ferme :

— Police ! Ne bougez plus !

Les policiers, dissimulés dans l'ombre, surgirent, armes pointées. Leur intervention fut rapide et sans appel. Immobilisés, les malfaiteurs furent menottés tandis que leurs protestations résonnaient dans les catacombes.

Dans la voiture, Géna observait la scène par une petite vitre. Son cœur battait encore la chamade, mais elle se sentait en sécurité. À côté d'elle, ses cousins se laissaient aller contre le dossier, le souffle court.

— On l'a fait, murmura-t-il, incrédule.

Leclerc monta dans le véhicule après avoir supervisé les arrestations. Il leur lança un sourire rassurant, puis dit :

— Mission accomplie… Maintenant, nous pouvons dormir paisiblement sur nos deux oreilles. Vous avez été encore une fois très courageux.

L'ÉPREUVE FINALE

Quelques jours plus tard, ils retournèrent dans la cachette où se trouvait l'invention. Le détective leur avait donné rendez-vous afin de vérifier une dernière fois la sécurité de l'endroit et de sceller les passages pour protéger le trésor de l'Inconnu de Champagne.

Géna, Curtis et Matthias observaient l'invention, fascinés par la lueur mystérieuse qui en émanait. Elle était si belle et si étrange à la fois, comme si elle contenait en elle des siècles de savoir et de magie.

— Vous savez, dit Leclerc en posant sa main sur l'invention, je pense que l'Inconnu de Champagne voulait que cette lumière soit partagée avec le monde… mais seulement lorsqu'il serait prêt à l'accueillir.

Les enfants hochèrent la tête, comprenant enfin toute la profondeur de cette mission.

Géna, prétextant vouloir faire un dernier tour des lieux, profita de l'occasion pour dissimuler la clé dorée dans une cachette, craignant qu'elle ne tombe entre de mauvaises mains. Cependant, chacun crut simplement que la clé avait été égarée par mégarde.

Dès que l'adolescente se déclara enfin prête, après un moment de réflexion et de silence, Leclerc sortit un marteau, des planches faites d'une matière bien spécifique, de la colle et des clous qu'il avait apportés, et, ensemble, ils scellèrent le passage, un dernier acte de protection pour le trésor de l'Inconnu.

Leclerc regarda les enfants, très ému.

— Vous avez montré un courage immense, dit-il d'une voix tremblante. Le monde ne saura peut-être jamais ce que vous avez fait, mais vous resterez à jamais les protecteurs de cet héritage.

Les adolescents se regardèrent avec une grande fierté et ressortirent encore plus fort grâce à cette aventure.

LE SERMENT DU SILENCE

Après cette ultime épreuve, Leclerc réunit les enfants pour une dernière cérémonie. Devant la porte scellée, ils firent ensemble le serment de silence, jurant de ne jamais révéler l'emplacement et l'existence de l'invention de l'Inconnu de Champagne.

Le détective leur donna un coffret, qu'il tenait avec une précaution presque solennelle. Il l'ouvrit lentement, révélant à l'intérieur une lettre, toujours cachetée, celle-là même qui avait été cachée avec le carnet rouge. C'est grâce à une remarque inattendue de Matthias et aux visions troublantes de Curtis, que le détective Leclerc avait, après une exploration minutieuse des profondeurs de la cave, découvert le carnet rouge et l'enveloppe cachetée.

Ces précieux objets étaient dissimulés derrière une pierre marquée de mystérieux symboles, gravés sur un mur effrité, des signes absents de toutes les pages du carnet. Un silence profond enveloppa la pièce tandis qu'il leur tendait le coffret.

— Cette lettre renferme un ultime secret de l'Inconnu de Champagne, dit Leclerc à voix basse, presque comme un murmure. Je ne l'ai pas ouverte, et je ne le ferai jamais. Ce choix vous appartient maintenant. Mais sachez qu'en brisant ce sceau, vous pourriez peut-être découvrir quelque chose de plus dangereux ou plus précieux que ce que nous avons déjà vu.

Les enfants échangèrent un regard chargé d'émotion et de gravité. Géna prit le coffret avec assurance, sentant le poids symbolique de cet objet.

— Ce coffret est un rappel de ce que vous avez accompli ici, murmura Leclerc avec émotion. Il vous rappellera que parfois, le plus grand trésor est celui que l'on protège pour le bien de tous.

Les enfants promirent de ne jamais dévoiler ce qu'ils avaient vu, ni les aventures qu'ils avaient vécues. Ils quittèrent le sous-sol en silence, chacun portant dans son cœur le poids du secret et de la responsabilité.

En remontant vers la surface, Géna jeta un dernier regard vers la porte scellée. Elle savait qu'elle n'oublierait jamais cette nuit, ni la lumière mystérieuse de l'invention. Elle se retourna et rejoignit les autres, prête à commencer une nouvelle vie, enrichie par cette aventure.

L'HÉRITAGE DE L'INCONNU

Le soir de Noël, Géna, Curtis et Matthias se retrouvèrent autour de la fontaine illuminée de la place du marché, là où tout avait commencé. Leclerc les rejoignit et leur offrit un sourire bienveillant.

— Je voulais vous remercier encore une fois pour tout ce que vous avez fait, dit-il en leur tendant une petite boîte contenant une étoile en cristal, un souvenir de leur mission. Géna serra l'étoile dans sa main, émue.

— Cette aventure a changé notre vie, murmura-t-elle. Je crois qu'on ne sera plus jamais les mêmes.

— Non, répondit Leclerc en souriant. Car vous portez désormais en vous l'héritage de l'Inconnu de Champagne.

Ils passèrent la soirée ensemble, à évoquer leur aventure, leurs découvertes et les mystères qu'ils avaient résolus.

Tandis que la neige tombait doucement sur la place illuminée, Géna leva les yeux vers le ciel étoilé. Une pensée la traversa, douce et poignante à la fois.

— Vous croyez qu'un jour, quelqu'un d'autre trouvera cette invention ? murmura-t-elle.

Curtis, les bras croisés, répondit avec un sourire malicieux :

— Peut-être. Mais ce sera forcément quelqu'un d'aussi courageux que nous. Leclerc, qui observait la scène en silence, hocha doucement la tête.

— Ce genre de mystères trouve toujours les bonnes personnes, finit-il par dire. Mais ces personnes doivent être prêtes à en porter la responsabilité.

Une étoile sembla briller plus fort dans le ciel, comme une promesse silencieuse.

Ils savaient qu'ils ne parleraient jamais de cette histoire à personne, mais elle resterait à jamais gravée dans leur mémoire.

Alors que minuit sonnait, Géna, Curtis et Matthias levèrent les yeux vers le ciel étoilé, se promettant intérieurement de rester unis, comme les étoiles qui brillaient au-dessus d'eux. Ils savaient que la lumière de l'invention de l'Inconnu de Champagne resterait secrète, protégée des yeux curieux et des mains avides.

Leclerc, avec sa sagesse de détective, prit la parole pour marquer ce moment de manière inoubliable.

— Vous savez, les enfants, ce genre d'aventure est rare, dit-il d'une voix douce. Garder un tel secret n'est pas une tâche facile, mais vous avez prouvé que vous en êtes capables. Et parfois, la vraie force ne vient pas de ce que l'on montre au monde, mais de ce que l'on cache pour le bien de tous.

Les enfants acquiescèrent, comprenant que ce trésor serait leur plus grand secret, un secret qui ferait d'eux des gardiens de la lumière pour toujours. La petite étoile de cristal que Leclerc leur avait donnée, scintillant dans leurs mains, serait un souvenir tangible de cette aventure unique.

Ils passèrent quelques minutes à contempler l'eau calme de la fontaine, chacun perdu dans ses pensées. Les souvenirs de l'invention, des souterrains mystérieux, et des passages secrets leur revinrent en mémoire comme les pages d'un livre que l'on feuillette une dernière fois. Ils savaient que cette histoire resterait à jamais en eux, les inspirant à garder leur courage et leur détermination face aux mystères de la vie.

Ils échangèrent un dernier regard complice, sachant que leur mission était accomplie. Ils avaient non seulement protégé un trésor, mais ils avaient aussi découvert des qualités en eux qu'ils n'auraient jamais soupçonnées.

Les cloches de la cathédrale commencèrent à sonner, marquant le début de la messe de minuit. Les rues se remplissaient peu à peu de familles venues célébrer Noël, et la neige commençait à tomber en fins flocons, ajoutant une touche magique à cette soirée spéciale.

Avant de se séparer, les enfants et le détective s'étreignirent une dernière fois, scellant leur pacte d'amitié et de silence. Puis, en un dernier adieu, Leclerc les salua et s'éloigna dans les ruelles de Reims, ses pas disparaissant dans la neige fraîche. Géna, Curtis et Matthias, quant à eux, rejoignirent leurs familles respectives, portant chacun dans leur cœur le souvenir lumineux de l'invention de l'Inconnu de Champagne.

Sur le chemin du retour, Géna se retourna une dernière fois, le regard tourné vers les caves cachées de Reims. Elle sourit en repensant à tout ce qu'ils avaient traversé, et se dit que, peut-être, cette aventure les avait rendus plus forts. Ils n'étaient plus les mêmes enfants ; désormais, ils étaient les gardiens d'un secret intemporel, d'une lumière qui resterait pour toujours un mystère.

ÉPILOGUE

Les années ont passé, mais les souvenirs de cet hiver à Reims restent gravés dans le cœur de Géna, Curtis, et Matthias. Chacun a suivi son propre chemin, mais à chaque Noël, un simple regard vers les lumières scintillantes des rues de la ville les ramène à cette nuit où ils ont découvert le trésor de l'Inconnu de Champagne.

Le pacte qu'ils ont scellé avec le détective Leclerc demeure intact, et même si leurs vies ont évolué, le souvenir de cette étoile lumineuse et éternelle les inspire à mener des vies emplies de mystère, d'aventure, et de lumière.

Leclerc, aujourd'hui retiré, repense souvent aux enfants et à cette aventure unique. Au fond de lui, il sait que les véritables trésors résident dans les expériences partagées et les secrets bien gardés. Lorsqu'il repasse par les rues de Reims, il aperçoit parfois l'ombre de l'homme en noir et imagine les enfants rires, jouer, et poursuivre d'autres mystères.

Et même si le monde ne saura jamais la vérité derrière l'Inconnu de Champagne, cette étoile restera à jamais protégée par des cœurs courageux.

QUIZ

Question 1 : Dans quelle ville se déroule l'histoire?

Question 2 : Quel est le surnom du mystérieux inventeur mentionné dans l'histoire ?

Question 3 : Quelle invention légendaire est au cœur du mystère ?

Question 4 : Qui est François Leclerc dans le roman ?

Question 5 : Quels sont les noms des enfants qui enquêtent sur le mystère ?

Question 6 : Pourquoi l'Inconnu de Champagne a-t-il caché son invention ?

Question 7 : Quel message l'Inconnu de Champagne laisse-t-il aux aventuriers ?

Question 8 : Qui est Monsieur Durand dans l'histoire ?

Question 9 : Comment Géna reçoit-elle un premier indice sur le mystère ?

Question 10 : Où se rendent les enfants pour commencer leur enquête ?

Question 11 : Quel objet les enfants trouvent-ils dans la cathédrale Notre Dame qui les aide dans leur enquête ?

Question 12 : Quel mot en latin découvrent-ils dans le carnet, symbolisant leur quête ?

Question 13 : Qui se révèle être l'antagoniste principal cherchant également l'invention ?

Question 14 : Quel serment Leclerc fait-il prêter aux enfants ?

Question 15 : Comment les enfants se protègent-ils de ceux qui veulent voler l'invention ?

Question 16 : Quel objet symbolique Leclerc donne-t-il aux enfants pour leur engagement ?

Question 17 : Qu'est-ce que Géna découvre derrière un mur de pierre dans une cave ?

Question 18 : Quel rôle Curtis joue-t-il en plus de l'enquête ?

Question 19 : Qu'apprennent-ils sur le but de l'Inconnu de Champagne avec son invention ?

Question 20 : Quel objet leur est remis en souvenir de leur aventure à la fin de l'histoire ?

SOLUTION DU QUIZ

Question 1 : L'histoire se déroule dans la ville de Reims.

Question 2 : Le mystérieux inventeur mentionné dans l'histoire est surnommé « l'Inconnu de Champagne ».

Question 3 : Au cœur du mystère se trouve une invention légendaire : une lumière éternelle capable de ne jamais s'éteindre.

Question 4 : François Leclerc est un détective qui aide les enfants à résoudre le mystère autour de l'invention.

Question 5 : Les enfants qui enquêtent sur le mystère s'appellent Géna, Curtis et Matthias.

Question 6 : L'Inconnu de Champagne a caché son invention pour la protéger des mauvaises intentions.

Question 7 : Le message laissé par l'Inconnu de Champagne pour ceux qui oseraient résoudre le mystère est : « Que seul celui qui cherche la lumière la trouve. »

Question 8 : Dans l'histoire, M. Durand est le gardien des caves.

Question 9 : Géna reçoit un premier indice sur le mystère lorsqu'un homme mystérieux lui glisse un papier plié dans la main.

Question 10 : Pour commencer leur enquête, les enfants se rendent dans la cathédrale Notre Dame, située près du parc.

Question 11 : Dans la cathédrale, les enfants trouvent un carnet en cuir usé qui les aide dans leur enquête.

Question 12 : En déchiffrant le carnet, les enfants découvrent le mot latin « LUMEN », signifiant « lumière », qui symbolise leur quête.

Question 13 : L'antagoniste principal cherchant également à s'emparer de l'invention est l'homme en noir.

Question 14 : Leclerc fait prêter aux enfants le serment de garder le secret de l'invention et de ne jamais en parler à personne.

Question 15 : Pour se protéger de ceux qui veulent voler l'invention, les enfants utilisent des passages secrets et tracent des signes cryptés.

Question 16 : En symbole de leur engagement, Leclerc offre aux enfants un médaillon en forme d'étoile.

Question 17 : Géna découvre une clé dorée cachée derrière un mur de pierre dans une cave, qui les aide dans leur quête.

Question 18 : En plus de participer à l'enquête, Curtis a des visions qui le guident vers des passages secrets.

Question 19 : Les enfants apprennent que l'Inconnu de Champagne voulait offrir la lumière éternelle au monde, mais qu'il craignait qu'elle soit utilisée à des fins maléfiques.

Question 20 : À la fin de leur aventure, une étoile en cristal est remise aux enfants en souvenir de leur mission et de leur courage.

ET SI C'ÉTAIT VOTRE HISTOIRE !

Soyez créatifs et laissez libre cours à votre imagination !

Pour les plus courageux, vous pouvez envoyer votre récit à: ✉@ <u>chérubinseditions@gmail.com</u> **ou** directement à l'auteure Sandrine BELAIR

Et si **vous** étiez à la place de Géna, Curtis, Matthias ou le détective François Leclerc ?

Maintenant que vous avez découvert le secret de l'Inconnu de Champagne, imaginez votre propre version de cette aventure mystérieuse !

Quelques petites pistes pour guider votre imagination :

Un autre lieu emblématique : Où pourrait se cacher une autre invention ? Dans les ruines d'un château ? Sous un marché de Noël ? Dans un phare abandonné ?

Un nouvel indice mystérieux : Imaginez le premier indice qui guiderait vos personnages. Peut-être un poème codé, un symbole mystérieux ou un objet ancien ?

De nouveaux défis ou ennemis : Quels obstacles mettriez-vous sur le chemin des héros ? Un autre traître ? Un piège redoutable dans les catacombes ?

Une fin surprenante : Votre lumière éternelle aurait-elle un autre usage ? Vos héros décideraient-ils de la garder secrète ou de la révéler au monde ?

L'ÉNIGME DE L'HOMME EN NOIR

AMI, ENNEMI OU HÉRITIER ?

Vous pouvez envoyer votre ou vos proposition(s) à: chérubinseditions@gmail.com **ou** directement à l'auteure Sandrine BELAIR

Selon vous, qui peut bien être cet homme en noir, si déterminé à découvrir et exploiter le secret de l'Inconnu de Champagne ?

Est-il simplement un opportuniste ou quelqu'un avec un lien plus profond avec ce mystère ?

BIOGRAPHIE AUTEURE

SANDRINE BELAIR

Née en région parisienne et résidant depuis plusieurs années dans la Marne, **Sandrine BELAIR** est une auteure prolifique et créative. Dès son enfance, elle exprime son talent pour l'écriture en composant des paroles de chansons pour son groupe de collège, leur permettant ainsi de se produire lors de galas. Cette passion pour les mots la mène ensuite à écrire des histoires fantastiques, souvent gardées secrètes dans ses tiroirs.

Encouragée par les conseils avisés de son aînée, Sandrine publie son premier roman ainsi qu'une BD graphique fantastique, **"Sadja, l'élue des quatre Mondes"** et **"Le réveil de la prophétie"**.

Sandrine se diversifie ensuite dans la littérature jeunesse avec des albums tels que **"Les sœurs Chipies"**, **"Fabian le dragon bègue"**, **"Les mots secrets de Yoann"** (disponible en français, anglais, espagnol et allemand, adapté aux lecteurs dyslexiques), **"Matthias et la maison magique - La politesse"** (en français et anglais, adapté aux lecteurs dyslexiques), et **"Je rentre à la maternelle - Gianni"** (en français et espagnol, adapté aux lecteurs dyslexiques).

En septembre 2024, l'auteure écrit son premier roman policier historique **"L'Énigme des Brumes de Champagne"**, dans lequel elle invite, à la fin de celui-ci, les lecteurs à suivre un jeu de piste comme de répondre à un jeu questionnaire dans Châlons-En-Champagne.

Pour poursuivre sur ce chemin, elle vient d'achever l'écriture de **"Le Mystère des Lumières de Noël"** qui emmène les lecteurs à découvrir un secret caché dans la cathédrale de Reims et ses souterrains.

https://sandrinebelair.weebly.com

Chaine YouTube :

Chérubins Éditions - Sandrine BELAIR - YouTube

DÉDICACE

TABLE DES MATIÈRES

Achevé d'imprimer en décembre 2024,
sur les presses d'Amazon

ISBN : 978-2-487628-04-5

Dépôt légal : décembre 2024

Contacter l'auteur
auteuresblr@gmail.com

Contacter l'éditeur
cherubinseditions@gmail.com
Site Internet : cherubinseditions.weebly.com

Lecture de passages gratuits de nos
livres regorgeant de trésors littéraires

Chérubins Éditions

Maison d'édition indépendante

51320 MONTÉPREUX

FRANCE